비상구를 찾다

한국정형시 009

비상구를 찾다

ⓒ 최정남, 2017

1판 1쇄 인쇄 ㅣ 2017년 07월 05일
1판 1쇄 발행 ㅣ 2017년 07월 10일
지 은 이 ㅣ 최정남
펴 낸 이 ㅣ 이영희
펴 낸 곳 ㅣ 이미지북
출판등록 ㅣ 제324-2016-000030호(1999. 4. 10)
주   소 ㅣ 서울특별시 강동구 양재대로122가길 6(길동) 202호
대표전화 ㅣ 02-483-7025, 팩시밀리 : 02-483-3213
e-mail ㅣ ibook99@naver.com

ISBN 978-89-89224-38-9   03810

📘 경남문화예술진흥원
* 이 책은 경남문화예술진흥원의 문화예술지원을 보조받아 발간되었습니다.

이 도서의 국립중앙도서관 출판예정도서목록(CIP)은 서지정보유통지원시스템 홈페이지(http://
seoji.nl.go.kr)와 국가자료공동목록시스템(http://www.nl.go.kr/kolisnet)에서 이용하실 수 있습니다.
(CIP제어번호 : CIP2017012162)

비상구를 찾다

최 정 남 시조집

이미지북

빛깔과 모양, 그리고 하나의 생각

무명無明도 없고, 무명을 없앤 것까지도 없다고 했는데

걸어온 이 족적을 꼭 남겨야 하는 걸까.

오랜 세월 내 안의 나와 다퉈왔다.

글 쓰는 것이 왜 내 자존심이었고,

그것이 나를 지탱하는 것이라고 생각해 왔는지…

지금 와서 돌이켜보니

이기적 생각이었다는 것을 깨닫는다.

하늘이 있고 땅이 있고 씨앗이 있는 이치가

먹고사는 육체의 본질이라면

글 쓰기는 내 영혼의 숨과 운동과 땀의 근원이 아니었을까.

이 시집을 엮는 시간이 너무 길어

저 안쪽은 복고풍의 냄새가 나지 않을까 염려가 된다.

늘 컴퓨터에 저장된 시들이

달아나 버리지 않을까 신경 쓰였는데

한 묶음으로 내놓으면서 걱정 하나를 내려놓는다.

2017년 6월

최 정 남

시인의 말   5

제1부   놋그릇을   닦다

밭 매러 간다   13
절벽에 서다   14
별   15
부추꽃   16
놋그릇을 닦다   17
안개   18
빈 둥지 증후군   19
안경   20
노도怒濤   21
마른 꽃   22
어머니의 달항아리   23
구절초   24
만월   25
장맛비   26

비상구를 찾다

제2부 | 분재원의 봄

겨울의 길목   29
아버지의 사랑   30
분재원의 봄   31
유자   32
참깨밭 부처   33
태풍 차바   34
구만 사발   35
억새 실록實錄   36
군불   37
겨울 담쟁이   38
거북이 산에 살다   39
나무의 수행   40
장조카 문상   41
달빛 차   42

제3부 시詩를 용서하다

남편의 등   45

깨가 쏟아지다   46

다시 분재원에서   47

메주와의 동침   48

반성문   49

비상구를 찾다   50

시詩를 용서하다   51

고사리   52

알고 싶어요   53

어떤 조문   54

달빛 문장   55

홀로 가라   56

오래 피는 꽃   57

봄   58

찻잎 따는 날   59

부모님 전 상서   60

제4부 | 창窓을 내면서

가을 고추밭에서   63
모를 병   64
근친覲親   65
봄바람   66
사는 법   67
밤을 줍다   68
찔레꽃 당신   69
창窓을 내면서   70
억새   71
진도 바닷길   72
콩 베는 날   73
봄밤   74
목련이 필 때   75
재회   76
감나무에게   77
자화상   78

제5부| 동백이 지던 날에

무지개 떴다   81

강물   82

잃어버린 편지   83

상식上食을 올리다   84

삶과 죽음에 대한 오해 85

차茶 한 잔   86

동백이 지던 날에   87

생각의 자유   88

효자 만들기   89

앵두나무 딸   90

미륵의 귀   91

걱정을 삽니다   92

아버지의 부채   93

새가 울고 있다   94

■**해설**

일흔 청춘이 빚은 '설렘과 뜨거움'의 무늬 | 박종현 95

제 1 부

놋그릇을 닦다

밭 매러 간다
절벽에 서다
별
부 추 꽃
놋그릇을 닦다
안 개
빈 둥지 증후군
안 경
노 도 怒 濤
마 른 꽃
어머니의 달항아리
구 절 초
만 월
장 맛 비

밭 매러 간다

초례청 병풍처럼 둘러놓은 앞산 뒷산
실경 속 낙관은 호미날로 파고 새겨
완벽한 저 화폭마다 비바람도 풀어놓고

산 중턱 할배 부부 풀국풀국 마른기침
오지게 뽑던 잡초 그 번지 아직 남아
자갈밭 몇 대의 생이 두엄처럼 쌓이는 날

어머니 쓰던 호미 담보 없이 물려받아
다 닳은 호미날도 곧은 뼈도 금이 갔다
풀물 든 손금 사이로 움켜쥔 너의 운명

절벽에 서다

어머니 양말을 신고
어머니 옷을 걸친다
갇혀 있던 어머니의 냄새가 풀풀 난다
오늘은 굽은 허리 펴 나비처럼 가볍다

누렇게 흙 묻은 엉덩이 뭉개며
밭 고랑 김을 매던 호미도 관절 앓고
일하다 마시던 소주병 빈속이 홀로 운다

낡은 벽에 걸쳐 놓은 거죽 한 벌 주인이다
주름이 자글자글 겹겹이 상처인데
몇 번을 신으셨던가, 뒤축 환한 새 고무신

기쁨과 슬픔 삶과 죽음의 경계를 풀고
기억은 저물어서 그믐달로 가셨는데
지상은 옷자락 붙들고
생이별을 앓는다

별

물기 걷어 낸 하늘이 저 높이 날아갔다
어둠은 밤늦도록 조각보를 펼쳐 놓고
죽어간
벌레들 위해 흰 수의를 입혔다

아직도 마주 잡은 손바닥을 놓지 못해
온기를 내려놓고 묵상에 든 어린 나무
달무리
몸에 두르는 저 풍경이 아득하다

엊그제 남은 잎을 다 떨궈 낸 나뭇가지
반 꺾인 관절마다 바람이 와 매달릴 때
마침내
화려한 별이 폭포수로 쏟아진다

부추꽃

여든넷 우리 할매
가을볕에 나오셨네
땅 속에도 걱정 있어 하얗게 센 머리칼
숨조차 멎어버릴 듯
주저앉아 피어났다

어머니 반찬 걱정
도와드린 효녀였네
언제나 고명처럼 꽃 대궁 밀어 올려
아득한 두 분 근황을
바람 편에 보내준다

내 방에 꽂아 놓고
꿈을 꾸듯 가슴 설레
꽃잎마다 말을 걸어 속울음 풀어낼 때
젖 내음 그리움 되는
배가 고픈 초록이다

놋그릇을 닦다

어머니 그 어머니 생을 담은 그릇이다
기왓장 가루 내어 순금처럼 닦았지만
세상을 읽지 못한 눈
소박맞은 그릇이다

제물祭物을 담아 내던 굽 높은 자존심도
한 생을 봉헌하고 구석으로 밀려나
가문의 한 증인으로
눈 못 감고 기다렸다

쓰던 그릇 신물 날 때 시간도 금이 가고
자궁 속이 그리운 어머니의 굽은 등뼈
마지막 남은 결기로
그 생을 다시 담다

안개

안개는 설악에만 피는 것이 아니었네

우주를 재고 있는 빨랫줄에 걸터앉아

눅눅한 새벽 한기에 스멀스멀 피어나네

호두산 그 물안개 처음으로 보았을 때

흐릿한 눈 속으로 젊음은 벌써 가고

새롭게 보이는 것이 있는 줄을 알았네

선잠에 하품하는 까닭 모를 눈물 한 촉

지상의 모든 안개 눈 속에서 조준한 듯

3.0의 시력이라면 안개는 필 곳이 없다

빈 둥지 증후군

소리가 빠져나간 빈 마당이 우두커니
외로움의 무게에 수평으로 눕는다
앞산이 위로를 하듯
헐린 담을 슬쩍 넘고

햇살이 저 텃밭에 배설물을 뿌렸을까
몇 번을 밟고 간 뒤 보리가 성큼 컸다
바람이 누운 잎들을
핥아 주는 저녁 무렵

시인이 노래하던 별들이 다 모였네
사랑하고 싶어도 내 별을 찾지 못한
마음을 다 주지 않는
자식도 별빛이다

안경

빼어난 안목으로 높은 곳에 계시지만
두 다리 걸치고서 사람 몸에 기생한다
두 귀가 없었더라면
바닥을 기어다닐

토끼 간을 빼어 놓은 위기의 처세술이
1.0의 이력서에 두 다리를 용납하고
말갛게 둥근 유리창을
내 안으로 열어둔다

고집 센 눈동자가 세상을 읽는 동안
상처받은 두 눈이 자음 모음 구분 못해
당당한 너의 동정을
살피는 밤이 잦다

노도怒濤

―서포의 유배지에서

섬에 와 또 한 겹의 섬으로 내몰린 몸
한 치 앞 알 수 없는 시퍼런 칼을 물고
바람이 파도를 벤다
멈칫 멈칫 떨리는 살

산을 눕힌 태풍이 세상을 바꾼다면
변방에 누웠어도 남은 생 후회 없을
잡은 붓 만장을 쓴다
결백의 하늘을 연다

사람 냄새 처음인 한 산맥이 주저앉아
동백이 피었다진 저 선혈을 어찌리오
직필을 은유법으로
몽유도를 완성하다

마른 꽃

젖은 살갗 터지면 꽃잎이 되던 시절
나비처럼 날고 싶어 배반을 꿈꾸었다
붉은 피 거꾸로 솟는 탈출은 황홀하다

어느 새 밤이 오고 모두 잠든 새벽녘
갈증에 숨이 막혀 물맛은 탁해지고
가끔씩 비명 소리가 나직하게 들렸다

꽃병에서 뽑히던 날 관심은 내게 쏠려
따뜻하게 품어 안고 적막 함께 나눌 때
속눈썹 검은 언저리가 파르라니 떨렸다

마른 잎 푸석푸석 한 생을 견디지 못해
무슨 말 남길 듯한 싸늘한 검은 입술
마지막 남은 향기를 한 잎 한 잎 해체한다

어머니의 달항아리

천 한 겹 두르면 여인의 엉덩이지
햇살이 곡선을 품고 뜨겁게 달아올라
오늘 밤 항아리 속으로 삼신할매 오시겠다

어머니 머리 속에 남은 기억 되살려내
맑은 말날 해 뜨기 전 조선장 담그시고
연거푸 짠 한숨 소리 뚜껑으로 덮으셨다

장 익는 시간 동안 서쪽으로 기운 당신
도반이던 달항아리 꽉 찬 달이 되어
노오란 속살을 풀어 길든 목을 지진다

구절초

어머니의 소식이 바람처럼 지나갑니다
서늘한 가을 안부 주소를 찾지 못해
산기슭 헤맨 흔적이 화인처럼 찍혔습니다

가파른 귀퉁이마다 오는 길 잊지 말라
예쁜 꽃길 장식하신 당신 마음 다 알기에
저 구름 언저리에서 비 뿌리고 돌아옵니다

이제 곧 나무들이 나이테를 만들 시간
아득히 먼 당신의 근황도 끊어지면
벼랑길 마른 별자리 꿈길 하나 내겠습니다

만월

그믐밤 홀로 깊어 은밀히 박꽃 핀다
아무리 입 내밀어도 나비는 오지 않고
해 뜨면 얼굴 가리고
저 홀로 토라진다

청초하고 깨끗하게 이슬만 먹고 산다
초승달 산 너머의 신부 집 몰래 와서
밤마다 젖은 입술이
스치면 달이 컸다

밤이면 홀로 나와 크는 모습 바라보고
보름달 그 아비가 흐뭇하게 웃고 있는
꼭 닮은 제 자식들이
지붕 위에 둥실 떴다

장맛비

약속은 비에 걸려 넘어진 채 끝이 났다
틈새를 노렸지만 행운은 더 없었어
이제는 덜어 내는 시간
사랑도 사절함

며칠째 신경통에 절규하는 관절들과
눅눅한 방바닥에 탈진한 채 누운 등뼈
무던한 복숭아뼈도
이유 없이 어긋났다

장맛비 세를 내어 한참을 쏟고 나니
상처는 시침 떼고 새살이라 우기는데
한나절 비 개인 하늘
흉터 없는 옥빛이다

제 2 부

분재원의 봄

겨 울 의   길 목
아 버 지 의   사 랑
분 재 원 의   봄
유   자
참 깨 밭   부 처
태 풍   차 바
구 만   사 발
억 새   실 록 實錄
군   불
겨 울   담 쟁 이
거 북 이 산 에 살 다
나 무 의   수 행
장 조 카   문 상
달   빛   차

겨울의 길목

순진한 봄 자리를 복더위에 내어 주고
사람들은 하나 둘씩 밖으로 내몰렸다
마법에 걸린 하루가 가난처럼 완강하다

뻐꾸기 날개처럼 숨어서 비가 온다
여름을 나무라는 회초리로 비가 온다
갈라진 틈을 매우는 달구 소리 가볍다

잦아진 제 몸이 그림자를 잃은 벌레
어느 날 밤 노래가 뚝, 끊어진 빈자리
늑골에 찾아온 냉기 바람이 팔랑인다

아버지의 사랑

갈증을 느낄 때는 겨드랑이 가려웠다

물맛은 폭포처럼 목 안으로 흘렀지만

끝끝내 뽑아 내지 못한 가시 하나 있었다

아버지 억센 손이 천둥처럼 내리치던

서로가 안으로만 터졌을 낭자한 피

울타리 견고할수록 사랑은 지독했네

아버지의 귓전에 망초꽃 무성한 소문

지구가 무너지듯 한 생이 무릎을 꿇고

꽃잎이 떨어진 방향으로 빗물이 넘쳤다

분재원의 봄

모가지 잘려 나간 밑둥에서 잎이 핀다

겉껍질 속껍질을 다 찢기고 남은 살점

그래도 봄이 오는가

절로 눈이 뜨인다

사람들은 이 자태를 예술이라 칭찬한다

철사에 묶인 수족 자유는 옛말이라

더 이상 물러설 곳 없다

세상 앞에 엎드린다

유자

은근한 네 향기를 코끝으로 소통한 날
하루치 피곤함을 온몸으로 풀어 주며
잠들 때 슬쩍 눈 맞춘
그것이 전부였다

바람이 칼을 물고 문 열라 외치던 날
군불 때고 이불 덮고 내 준비는 완벽하다
새벽녘 혼자 싸우다
절명을 한 유자여

선택의 여지없이 당糖 속에 빠지는 날
딱 하나 골라 내어 사랑이라 속였지만
배신의 지독한 모습
퍼렇게 한을 품다

참깨밭 부처

가끔은 답답할 때 몸과 마음 수행 자리
흙들이 물을 먹고 기다리는 참깨밭에
고귀한
목숨 하나를
옮겨 심는 초하루

여원 모 솎아 내어 빈 자리 옮겨 심고
다 함께 어우러진 푸른 손이 인사하는
그 자리
부처가 숨어
온 생명을 안았다

태풍 차바

소문의 바람 뒤끝 모든 게 쑥대밭이다

이웃들 풍년 노래 휘몰이로 수장되고

논밭을 뒤집어엎는 속이 검은 광기다

힘에 부쳐 뒤척이는 질긴 생의 끄트머리

한 가문 흔들리는 반역의 죄를 짓는

이 시대 폭도 하나가 청문회에 오르겠다

구만 사발

—재현

"밥 한 술 더 먹게 해 도" 머슴이 그랬다
도공의 밝은 귀가
허기를 채워 주고
실없는 농담 한 마디 전설이 된 그릇

천 번을 더 태워도 다시 가고 싶은 곳
몇 겹의 불덩이 같은
어머니의 그 자궁 속
살과 뼈 한 몸을 받아 온전하게 태어났다

오동나무 상자에 가마 타고 시집을 온
뽀얀 새색시 얼굴
저 차사발 좀 보세나
시간을 거슬러 오른 사람 하나 걸어온다

*구만 사발 : 경남 고성군 구만면에서 유래되었던 사발. 구만이 사
발이라고도 하는데 보통의 밥그릇보다 큰 이유가 구전으로 전해
내려온다.

억새 실록實錄

잎잎이 죽창이고 시퍼런 칼이 되어
지주의 땅 빼앗아 세력을 키워갔다
바람은 경계를 넘지 말라
태풍의 눈을 풀고

푸른 혈기 방향 없이 이리저리 흔들릴 때
탱탱하게 잡아 주던 뿌리와 뿌리 사이
억누른 금욕의 한 생
피골이 선승 같다

하늘로 꼿꼿하게 손 뻗고 싶었지만
허공에 흔들려 산 한 생이 불안하다
제 몸을 세게 흔들어
중심을 지키는 일

메마른 잎을 말아 사초를 적는 시간
먹물로 번져 가는 노을빛에 붓 담그고
백발은 몸 가는 대로
한 필체를 쓰고 있다

군불

해가 질 무렵이면 남편은 장작을 팬다
아궁이 불 지펴 놓고 무쇠솥에 물 붓는다
나무가 탁탁 튀면서
한세상을 볶고 있다

절절 끓는 사랑방에 청국장 뜨는 냄새
틈새로 새어나오는 싫지 않은 불 냄새
산골에 사는 재미가
겨울에는 쏠쏠하다

아랫목 등 눕히면 마음까지 녹아 내려
모든 것 편안하니 모두 용서할 것 같다
응어리 풀어버리고
욕심의 끝도 풀고

겨울 담쟁이

고속도로 방호벽에 작자 미상 벽화 한 점
풀씨 같은 더듬이로 한 생을 암각하고
그래도 후회로구나
저 담을 넘어 갈 걸

등뼈 끝을 밟고 오는 얼음보다 찬 새벽
천 갈래 그리움을 미명으로 달래보나
턱에 찬 숨을 고르며
벽의 온기 더듬는다

한 길 낭떠러지 햇살이 감아올린
소음도 귀에 익어 소식으로 번지는 날
부르면 나올 것 같은
벽화 속에 숨은 작가

거북이 산에 살다

용왕의 귀여움을 한몸에 받고 자라
가자미 날렵한 유영 부럽지 않았었다
천 년을 짠물 마시며
심해에 살던 그가

쌍계사 주지 스님 부르심을 거절 못해
대웅전 안마당의 진감선사 대공탑비
부처님 오실 때까지
또 천 년을 바치라네

돋는 풀도 모로 눕는 품격 높은 어느 유택
모가지 쑥 빼놓고 나는 새도 지키라는
짊어진 황금 일대기
허리 굽혀 받들었다

나무의 수행

사계절 걸치고 산 생의 옷을 벗어 놓고
천 근의 동장군을 등에 지고 길을 묻다
떨어진 낮달 하나가 그림자로 눕는다

지상에 살아남은 행군의 터진 신발
뒤돌아 보지마라 수행자의 절대 금기
부르튼 발가락마다 관절염이 한창이다

시멘트벽을 뚫고 날마다 부는 바람
단단한 껍질 속엔 기별도 닿지 않아
아득한 성자의 날이 천 년처럼 느껴진다

장조카 문상

산 하나 태워온 듯 차바퀴 휘청한다
그 맑던 가을 하늘 황사로 뒤덮일 때
눈시울 붉은 단풍이
눈병으로 번졌다

물먹은 눈동자가 반쯤은 감겨진 채
궤도를 벗어나듯 보폭이 흔들렸다
남은 자 속살에 박힌
혈육의 붉은 낙관

휘도록 지고서 온 더위를 부려 놓고
국화꽃 핀 절벽에 기대고 싶었던가
유년의 푸른 자맥질
목숨과 바꾼 자유

달빛 차

세상에 없는 고요 별에서 온 푸른 시간
다관의 물 소리가 때묻은 귀 씻어 놓고
까칠한 숨소리마저
시나브로 잠재운다

찻상의 두 개 잔이 살갑게 눈 맞추고
밤마다 차를 끓여 우려내는 깊은 향에
오롯이 저문 하루가
찻물이 들어간다

제 몸을 등불삼아 꿈길처럼 왔다 가는
신발에 고인 달빛 섭섭잖게 채우는 잔
빈 방에 남은 고요가
적멸로 깊어간다

제 3 부

시詩를 용서하다

남 편 의   등
깨가   쏟아지다
다시 분재원에서
메주와의   동침
반   성   문
비상구를   찾다
시詩를 용서하다
고   사   리
알고   싶 어 요
어 떤   조 문
달 빛   문 장
홀 로   가 라
오래   피는 꽃
봄
찻잎   따는 날
부모님 전 상서

남편의 등

밤이면 벽의 중심에 또 하나 벽이 있다

그 강한 벽을 뚫고 남편의 영혼을 먹는

TV속 예쁜 여자를 눈을 째려 바라본다

아무리 생각해도 등을 돌릴 말이 없다

여자처럼 달콤한 귓속말은 더욱 없다

세상의 중심인 절벽을 오늘도 주시한다

깨가 쏟아지다

해묵은 볏짚으로 깻단 묶어 세워둔 뒤

손끝만 살짝 닿아도 찰방하게 터지는

몇 번의 가을바람이 서둘러 다녀갔다

깨알 같은 햇살들이 우르르 몰려오고

앙다문 끝물 삶에 문 열어라 치는 매질

잘 여문 천의 말씀이 깻말처럼 쏟아진다

까치발로 달려온 성긴 매듭 묶어 놓고

가슴을 비울수록 채워지는 삶의 무게

고소함 묻어온 가을 그 향기로 남고 싶다

다시 분재원에서

분재원 앞에 서면 마음이 또 아리다
식물 학대 그만해라 시위라도 하고 싶다
손발을 다 풀어 주어
도망치게 하고 싶다

아픔을 견디어 낸 옹이 박힌 가지마다
겉으로 화려한 척 제 목숨을 걸었다
답답한 가슴 풀어다오
소리친다 들리는가

찢고 꿰매어야 행복이 비례한다
조이고 부풀려야 값어치 상승한다
사람과 다를 게 없네
자연 미인 없는 세상

메주와의 동침

이부자리 끌어 당겨
조심스레 발을 넣는다
살갗이 닿는 순간 놀라서 발을 뺀다
첫날밤 서로 어색해
등 돌리고 누웠다

장작불 지펴 놓고
아무도 들이지 않고
따뜻해진 네 몸을 슬그머니 만져본다
어느 새 부부 연緣같이
몸 냄새도 그윽해

자는 듯이 모로 누워
무슨 생각 그리하나
혼탁한 고열 속에 제 살을 띄우더니
숨결을 고르고 있네
적멸에 들고 있네

반성문

오는 잠 내쫓으며 동굴처럼 깊어진 밤

평행선 긋는 욕심들 나이만큼 비례할 때

본심과 멀어진 거리 돌아보기 부끄럽네

아득한 물 소리가 격정을 갈앉히고

피곤을 차 한 잔에 약물처럼 풀어낼 때

그믐밤 가슴에 얹힌 무게 어둠보다 무겁다

비상구를 찾다

퇴화도 또 진화도 물러섬이 아직 없다
고집을 사수하느라
사선으로 꺾인 눈썹
남편의 그 유전자는 갓끈에 묶여 있다

결기를 지켜 냈던 조선의 문서 같다
아니 더는 쓰지 않는
제 몸의 화살 글씨
달빛에 읽지 못하는 육필도 끝이 났다

이마에 누워 있는 내 천川 자 일어선다
한 뼘씩 가까워진
우리 세간 복사꽃 길
수직에 맞닿지 않을 비상구를 찾는다

시詩를 용서하다

몇 밤을 꼬박 새워 당신을 기다렸다

날마다 온다 온다 나를 갖고 장난쳤다

이제는 안 기다린다

깨끗이 놓아줄게

아니다! 불끈 솟는 이 분노 이 억울함

끝까지 찾으리라 지옥까지 찾아가리라

내 오늘 도도한 당신

무릎 꿇게 하리라

고사리

부처님의 몸 속에서
한갓 풀이 나오셨나
고사리란 높고 높은
그 이름을 받아들고
세상에
제일 작은 주먹
그 속을 펴 보이려고

산 속에 오래 살다
득도라도 했나보다
이제는 세상 밖으로
나눠주려 가신다며
의연히
땅 속을 뚫고
주먹을 편 화신 풀

알고 싶어요

한 오라기 흘림 없이 쪽머리 고전 읽다
눈물 고여지는 달과 별을 다 따서
밤마다 저것들 안고 살과 뼈를 다 주었네

우주를 내 것처럼 가슴 속에 품었어도
그림자로 살아가는 당신의 빚진 삶
버려야 사는 거라고 의심 없이 다 바쳤네

병을 달고 갈渴한 입술 사랑도 숨이 차서
허물 벗은 이름 하나 촛불로 타오르면
묻었던 꿈 펼치실까 불현 듯 알고 싶네

어떤 조문

어젯밤 사고였나
초서체로 누워 있네
이슬 덮인 가슴 위로
햇살들이 조문할 때
사람들 그 죄 모르고
침을 뱉고 돌아섰다

먼 길 떠난 네 영혼은 어느 곳에 가 있을까
잉태를 기다리는 그 어느 자궁 속에
삼생三生에 못다 한 인연 자식으로 만났을까

죽음은 삶의 끝인가
축복의 시작인가
허허로운 마음들이
경건하게 묵도하는
한 생을 벗어 놓은 짐
이저승 경계라니

달빛 문장

오늘도 가장 깊이 기록되는 밤의 역사

달빛이 전깃줄에 만삭처럼 누웠을 때

골목 안 희망의 이름 불을 켠 채 빛났다

환한 외등 외엔 보여줄게 없는 한밤

이 세상 모든 것에 궁금한 게 너무 많아

외롭고 쓸쓸한 생각 달빛 문장 찍는다

뾰족한 그 모서리 무뎌진 나이만큼

한동안 궤도 잃고 일제히 물결치는

마침내 서로를 당겨 지구를 돌고 있다

홀로 가라

풀잎 하나 떨어져도 벼랑처럼 아득한 길
물렁한 가슴 한 줌 두 손으로 움켜쥐면
내 근육 어디쯤에도 힘줄 같은 촉이 선다

속을 모두 뒤져내도 옹이는 그냥 남아
아랫목 온기 같은 지극한 기다림에
자궁 문 가만히 열고 알몸으로 내다본다

표적의 절벽 넘어 달아나는 낮달 한 채
날마다 자갈처럼 살을 저며 아문 자리
달팽이 여린 뿔처럼 세상 밖을 나서본다

오래 피는 꽃

꼭 살아 있어야만 피는 것은 아니었네
솔바람이 저만치서 기웃대며 지켜보는
창살의 저 연꽃무늬
지금 핀 듯
환하다

법당의 한 고요가 문고리 잡고 노는 동안
낮잠 깬 말씀들이 가부좌로 앉아 있고
문살에 살 오른 꽃을
중생들이
훔쳐본다

사계절 피는 꽃이 그 어디에 있다던가
천 년을 지지 않는 꽃 하늘 아래 여기 있네
옥천사 법당 문지기
살신 공양
피어 있네

봄

그 처녀
봄빛 불러
열아홉을 수 놓는다

흙에서 뽑아 올린
황홀한 자연 수실

열두 폭
산수화 병풍
시집 갈 예단이다

찻잎 따는 날

엊그제
내린 비로
세상 번뇌 씻어내고

말간 얼굴
내보이는
차밭의 어린잎이

가만히
두 손 모으는
아기 부처 같으시다

부모님 전 상서

볕살 엷은 9월 열나흘 어머니 제사를
아버님 기일날에 모신다는 올케의 말
미안한 목소리 너머 서운함이 밀려옵니다

피치 못할 사정이야 해마다 생기지만
하늘이 두 쪽 나도 올해는 꼭 가야지
그 약속 지키지 못한 불효만이 앞섭니다

두 분을 함께 모셔도 가지 못하는 딸년
살아서 애물단지 지금도 제 구실 못하나
이제야 깨달아지는 삶 당신 닮고 싶습니다

4부

창窓을 내면서

가을 고추밭에서
모를 병
근친 覲親
봄 바람
사는 법
밤을 줍다
찔레꽃 당신
창窓을 내면서
억새
진도 바닷길
콩 베는 날
봄밤
목련이 필 때
재회
감나무에게
자화상

가을 고추밭에서

붉게 타는 젊음의 터널을 지나는 동안
이웃들 다 어디로 갔는지 알 길 없네
이제 곧 내 차례인가 준비는 필요 없다

바로 살라 세워 놓은 지줏대도 기울고
검버섯 핀 모습을 들키고 말았지만
젊음의 불같은 웅변 밤이슬도 떨었다

내 본직은 맵시내어 나들이도 하겠지만
배추 속살에 묻혀 겨울잠을 자는 것
당신의 연둣빛 봄날 입맛을 돋우는 일

모를 병

1
가슴이 빠개질 듯 앓고 사는 통증 두고
세월을 약물처럼 방울방울 삼켜봐도
모를 건 마음 속이라 더욱 아픈 이 병은

한낮도 캄캄한 길목 쓰러질 듯 삶을 업고
힘겨운 목숨의 장章 날마다 넘겨 가면
내 영혼 숨겨둔 길이 초승달로 떨고 있다

2
아득한 꿈을 꾸며 여기 왜 있는 건지
허공을 헤매이다 뒤뚱이다 다시 깨면
그제야 무위한 총체 돌아보기 부끄럽네

둘 곳 없는 마음 하나 쫓아내 듯 불을 켠다
까닭 없이 내가 미워 무릎 꿇고 비는 원죄
텅 비어 아득한 생각 한 고개 넘어선다

근친覲親

그리운 맘 혼자 앓다 시어머니 영 얻어
아이들 앞세우고 타박타박 정월 초사흘
노을 빛 그 하늘 보며
고향집에 왔습니다

큰 절하고 아버지 곁에 철부지로 마주앉으면
묵혔던 서러움이 파도처럼 밀려오고
꿈꾸던 몇십 여 년 전
내 방마저 흔적 없다

그리워 못잊어 싫컷 울어 보리
애닯은 기억만을 안고 계실 어머니!
아이들 이만큼 키워
산소에 왔습니다

봄바람

어젯밤 내린 비로
도랑물 마실 나오고

씻은 나무 훤칠하니
장가 가도 되겠네

처녀들 여기 있다고
바람이 다리 놓네

시집 온 새색시가
만리성을 쌓았구나

달항아리 배를 안고
배시시 웃는 모습

쪼르르 동네 한 바퀴
봄바람이 소문 놓네

사는 법

또 하루 불을 끄는 방 한 칸 우리 내외
풀물 든 마음들을 별빛으로 달래다가
세상일 모두 잊고서
뒤척이다 잠이 든다

처음과 끝을 풀면 용서도 함께 있고
돌아선 미움 안에 사랑도 숨었어라
때로는 날을 새우는
그 칼날도 잠재운다

부질없는 번뇌 씻고 마음자리 비워두면
살아온 세월만큼 무심도 정이 들어
내 가슴 어느 구비를
휘돌아 와 감싼다

밤을 줍다

그래 겉만 보고는 속내를 아무도 몰라
두려움 숨기기 위해 가시 갑옷을 입고
어쩌면 저렇게 곱고
단단하게 여물었니?

벌레 먹은 밤 한 톨 아, 나도 저러한가
서럽고 애가 탄 속내 감추고 살아온 것
잘나고 쓸 만한 것보다
병든 목숨 더 많구나

찔레꽃 당신

정갈한 검은머리
은비녀로 여미시고

저녁 답 흰옷 입고
딸네 집 길섶에 서서

아가야!
부르는 소리
이명으로 울립니다

잊으려도 사무치는
찔레꽃 당신 내음

뵈온 지 아득해도
천 길 마음 알아채고

불현 듯
오시는 걸음
꿈결 같은 하얀 길

창窓을 내면서

한낮에도 어둠만이 살고 있는 구석진 방
네게로 가는 길이 마음으로 굽어질 때
불빛도
채울 수 없던
벽을 뚫어 창을 낸다

모든 일이 저 봄밤의 꿈인 듯 아득하다
창호지 은은한 햇살 애인처럼 마주보며
창이란
세상을 보듯
그 안도 비쳤으면

억새

수천 번 흔들려도
바람 되지 못하고

수만 번 기도해도
꽃잎 되지 못했네

못난 꿈
하나 찾으려
하얗게 바랜 세월

잠 한숨 못 잤구나
뼈를 깎는 번뇌 망상

빈 가슴 바람 따라
이승을 맴돌다가

마지막
남기고픈 말
허공에 쓰는 초서

진도 바닷길

간절하면
천 길 물 속
그 안이 보인단다
어머니
한 생애
염원 하나 길이 되어
단 하루
상봉하던 날
걸음마다 물이 되고

바다가
두 쪽으로
금이 가듯 쪼개질 때
비늘 하나
안 건드렸네
어부의 그 칼 솜씨
더 이상
욕심 내지 말자
하루만 오늘 하루만

콩 베는 날

젖은 땀 식혀 주는 실바람 한 줄기가
고달픔도 꿀맛이다 수고한다 속삭이면
햇살도 쉴 자리 찾아
나무 밑을 기어든다

밭둑의 감을 따서 새참으로 베어 물면
가을은 더 깊어져 단물로 고여 오고
바람에 맞선 억새는
일손마저 놓는다

폭우며 가뭄이며 다 견뎌 낸 목숨 한 톨
콩밭의 보시 공양 떨어진 콩 주우며
자연은 경이롭다며
또 하루를 털어낸다

봄밤

첫 출산 기다리는 나어린 신부 위해
어미의 정성으로 빌려온 달빛 한 손
벽오동 빈 가지마다
등불처럼 걸어둔다

밤 밝힌 별빛들도 그만 지쳐 눕는 시간
쿵 하고 요동치는 상처에도 물이 올라
뽀얗게 아문 살들이
기지개를 켜고 있다

땅 속에도 땅 밖에도 시치미를 떼고 있다
벽에 걸린 염주들이 지그시 눈을 뜬다
지구는 순산중이다
봄을 낳는 중이다

목련이 필 때
— 고백

사랑도 깊어지면 미쳐가는 것인가
환장한 한 여자가 목매달고 싶은 날
흰 별을 닮은 꽃이여
여기가 천국인가

환속의 경계를 잃고 우두커니 서 있다
제발 나잇값 하라 당신은 또 말하겠지
좀처럼 멈추지 않는
고개 내민 이 착각을

야속하다 꽃샘추위 이렇게 지독한가
따귀 맞은 멍자국은 이젠 꽃도 아니라고
또 한 번 까무러진다
여기가 지옥인가

재회

아내 싫어 집 떠난 뒤 세 번이나 변한 강산
흙집 짓고 사는 동안 뼈를 깎는 뉘우침에
제 잘못 다 인정하고 옆자리를 내어 준다

구순을 넘어서야 소진한 몸 거두어
주정뱅이 남편 곁에 나란히 누워본다
저 생애 어느 모서리 마음 괸 적 있었던가

스스로 닫아버린 마음의 문 열어 놓고
이처럼 살았으면 태산도 가벼울 걸
내 고집 스스로 가둔 부질없는 억지였소

감나무에게

자식들
동서남북
훌훌 떠나보내고
못난 놈 하나 남아
애간장 다 태운다
그 속을
알고도 남을
세상의 부모 마음

단 하나
그 마저도
생을 다하고 나면
마디마디 아픈 삭신
나이테로 깊어지고
물소리
끊어진 수피
모든 것을 비운다

자화상

늘 그 자리 음악처럼 찻물 소리 흘렀다
이저승 경계 풀고 밤으로 떠난 그대
이 세상 다시 오신 듯
당신의 대칭인 여자

만 평 밤을 한 푼 없이 사는 저녁형 여자
시 한 줄 흉내 내다 애벌레로 엎드린 밤
허물을 벗어 놓는 날
나비 되어 날아갈까

한 생의 삶의 무게 가볍게 지고 가는
달팽이 여린 뿔이 기어이 촉을 세워
초록 꿈 가을물 올라
사과처럼 붉어질까

제 5 부

동백이 지던 날에

무 지 개   떴 다
강   물
잃 어 버 린   편 지
상식上食을   올리다
삶과 죽음에 대한 오해
차 茶   한   잔
동백이 지던 날에
생 각 의   자 유
효 자   만 들 기
앵 두 나 무   딸
미 륵 의   귀
걱정을   삽니다
아버지의   부채
새가   울고   있다

무지개 떴다
—사진 속 남매

웃음 속에 감겨진 눈 햇살보다 눈부시다
아래 위 이빨 몇 개 진주를 꿰어 놓고
세상이 아무리 커도
그 넓이는
너만 못해

틀 속에 웃는 너를 백 날쯤 바라보면
지구는 어느 사이 널 위해 돌고 있다
허파에 바람 넣는 너
무지개로
피어났다

바람이 내 가슴에 풍선처럼 부풀어 올라
한 자리에 오래도록 걸어두지 못하겠다
머리에 망사 핀 꽂고
강물처럼
출렁인다

강물

잴 수 없는
시간만큼
굽잇길 아득하다

숨길 가쁘도록
은어로 거슬러 올라

바다를
품안에 안고
그대 섬에 닿는 일

잃어버린 편지

당신의 그 오래된 언문 글씨 그립습니다
침 발라 눈물로 쓴 그리움이 번져 나와
떨리는 깊은 속눈썹
그 곳까지 젖습니다

이 세상 하나 뿐인 나만 아는 글씨체로
뼈를 깎아 새겨 놓은 고전 같은 그 말씀은
저물녘 뒷모습 같은
숨겨 둔 아픔입니다

한 대목 지친 삶의 당신 성채에 갇혀
자꾸만 어두워지는 안색이 깊어질 때
이제는 그만 잊어라
꿈결로나 듣습니다

상식上食을 올리다

사는 게 늘 바빠서 속아서 헛디딘 발
누가 상처 껴안고 자는 듯이 누웠다
저 날개 자유로운 곳
한 죽음을
껴안았다

총 없이 전사를 한 식탁 위 저 고지서
진드기 지뢰밭을 밥상이라 믿은 파리
삶 위한 식탐의 본능
너와 내가
따로 없다

날마다 상식상을 올리는 효부 있다
사람은 삼시 세 끼 이승 밥 먹는다며
때마다 상식상 받는
영정 하나
살아 있다

삶과 죽음에 대한 오해

아무도 내 모습을 기억하지 않는다면
불면도 그리움도 의미가 없는 거다
삶이란 가슴에 묻혀
오래오래 사는 거다

가끔씩 그대 생각 낮달처럼 떠오르고
살아서 즐거운 일 한 호흡 마시면서
그 이름 기억할 동안
나와 함께 사는 거다

아득한 당신 모습 저 하늘 별로 뜰 때
옷깃 스친 손길이 안개처럼 젖어올 때
아픔이 기쁨 같은 날
죽음을 오해한다

차茶 한 잔

밤마다 차 한 잔을 기도처럼 마신다

맑은 향이 내 안에서 어둠을 헹궈 내며

해맑은 아이 하나가

마음의 문 열고 있다

먼저 따르는 건 당신에 대한 예의

없어도 있는 듯이 물과 물이 위로 받는

봄 한 촉 몰래 들어와

찻물 곁에 돋아난다

동백이 지던 날에

뜨락에 화사하게 동백이 웃고 있다
가슴 붉은 이야기가 새벽까지 이어지고
차가운 겨울 가풍은 꽃들의 두려움이지

변방의 한나절은 시리도록 적막한데
대왕과 장군이 머무시는 광화문은
밤이면 인간 폭죽이 하늘땅을 뒤집고

누가 또 목을 내어 놓으라고 했는가
귀를 잘라 바친 피 사백 년이 지났는데
세상의 죄를 껴안고 떨어지는 저 동백

생각의 자유

    왜 이렇게 사느냐고 생각이 나무란다 할 수 있
는 게 무어냐고 생각에게 따져본다
    오늘도 너의 대답을 귀를 열고 기다린다

    그 누가 그리울 땐 황홀한 꿈이 피고 날마다 된
다 된다 빈 바퀴만 돌려대는
    저 곤한 육신을 두고 또 하루가 뒤척인다

    먹고 노는 짐승의 삶 더없이 부러울 때 행동은
아직까지도 멀리서 배회하고
    책 속의 옛 애인들만 만나기로 작정한 밤

    생각을 책임진다 밤을 꼬박 새웠다 독 품고 곁
에 오는 미명을 부여잡고
    머릿속 하얗게 질린 생각은 사기꾼이야

효자 만들기

낳은 것만으로는 택도 없는 일이지예
먹이고 입히는 것 어찌 그게 다겠는가
가르쳐 사람 된다면 어느 누가 못하것나

풀리는 않는 일은 끝없이 지켜봐 주고
용기 곱으로 주고 칭찬은 덤으로 하고
때로는 섭섭한 감정 속으로만 삭혀 낸다

내 부모가 그랬듯이 부모는 다 그런 것
철들면 옳은 길들 제 먼저 알고 갈 때
아리고 녹아서 얻은 어미의 행복이다

앵두나무 딸

하얀 눈빛으로 뚫어지게 나를 보네
철들어 알아버린 눈치 짐짓 접어두고
외롭게 너 하나 얻어 봄이 되면 설레었다

한 보따리 그리움 싸 딸아이 친정 오듯
까르르 까르르르 온 동네가 시끄럽다
봄빛이 모녀의 정을 풀어 내는 중이다

어미 입에 한 입 가득 단물을 다 바치고도
불그레 들뜬 마음 가는 발길 붙잡는다
한나절 눈이 부시게 꽃재롱을 떨고 있다

미륵의 귀

등 뒤의 그림자는 지나간 시간이다
또 천 년을 기다릴
굳은살의 발바닥
가만히 어루만지면
왈칵 걸어 나올
혼자서 속 끓이다 쥐 모르게 죽어도
텅 빈 뜰에 가랑잎 하나
소리 없이 누워도
평범한 하루의 무게
나 따위 안중에 없다
슬픔을 모으고 고통을 수집하는
저 귀가 한 겁에 닿을 수 있다면
풀잎 끝 이슬 한 방울
꽃이 피는 순간이다

걱정을 삽니다

만약에 꼭 만약에 그럴 리는 없겠지만
솔방울 못 맺겠다 소나무가 버틴다면
저 산은 누가 지키고 바람은 누가 키울까

아무리 찾아봐도 열매 한 톨 없는 산에
다람쥐 배가 고파 새끼를 못 낳는다면
재롱이 그리운 가지 외로워서 못 살 거야

사람이 꽃이 되어 풍경으로 피어날 때
아름다운 그 권속을 나비처럼 거느리는
봄날은 저만치 가고 걱정 하나 삽니다

아버지의 부채

살아온 세상에게 할 말이 없다는 듯
뒷뜰 대바람에게 마음 자주 주시더니
아련한 감자 꽃 같은 길 하나를 내셨다

상속의 내용 없이 지문 꾹 눌러 놓은
쥘부채 바람은 입 다문 채 이승 모습
못 다한 아비 마음을 저승에서 푸시는지

한금 벽이 아득하여 무슨 기쁨 나눴는지
잊었다 멎었다 잦아든 마른 흔적
멀었던 그림자끼리 마디 하나 허문다

새가 울고 있다

그녀는 새가 되어 한 세상을 날아갔다

환해도 너무 환한 어느 가을 백주 대낮 억장이
무너져 내린 지아비 지어미 마지막 길 꽃단장을
한다. 처음으로 그녀 위해 눈물 방울방울 떨궈내
며 흙에 빗물 스며들듯 마른 가슴 눈물 먹을 때 켜
켜이 쌓인 원망 봄눈 녹듯 녹아내리네. 살아서도
죽어서도 그리운 지아비 그래도 한 세상 살 맞대
고 살았으니 그 정 못 잊어 오신건가, 가슴에 옹이
로 박힌 피붙이 맘에 걸려 못 가시는 건가

온 종일 감나무에 앉아 울고 있는 새 한 마리

일흔 청춘이 빚은 '설렘과 뜨거움'의 무늬

박종현_ 시인, 경남과기대 청담연구소 연구원

일흔 청춘이 빚은 '설렘과 뜨거움'의 무늬

박종현
(시인, 경남과기대 청담연구소 연구원)

1. 일흔 청춘이 새긴 얼룩과 무늬

〈왜 시를 쓰는가. 시인은 이 물음에 응답할 의무가 있다. 아니 자기도 모르게 대답하게 된다. 이 대답을 하기 위하여, 이 대답이 하고 싶어서, 시를 쓰기 때문이다. 이 물음은 시를 설레게 한다. 언어를 쓰는 인간의 근원을 설레게 한다. 언어 안에 있는, 언어 너머에 있는 무한한 잠재적인 세계를 설레게 한다. 맨 처음 온몸을 근질근질하게 했던 미지의 힘을 깨운다. 이 물음이, 죽은 시는 계속 읽게 하는 힘이 없다. 아무리 열심히 아무리 많이 대답해도 다 대답할 수 없는 이 물음이, 시를 긴장시키고 시를 새롭게 하고 계속 시를 쓰게 하기 때문이다.〉

—김기택, 「시에게 묻는다 왜 시를 쓰는가」 일부분(2013, 〈현대시학〉 8월호)

왜 시를 쓰는가? 이 화두가 가슴 속에 강하게 뿌리내린 사람일수록 그 화두를 풀기 위해 더욱 시 쓰기에 힘쓴다. 김기택 시인의 말처럼 '인간의 근원에 대한 설렘'이 시를 쓰게 할까, 아니면 몸과 마음, 머리와 가슴에 갇혀 있는 그 무엇이 분출구만 찾으면 용암처럼 디져 나오려고 하는 말하지 못할 그 '뜨거움'이 시를 쓰게 하는 걸까. 여러 시인들의 말에 의하면 '설렘과 뜨거움'이 시를 쓰게 하는 촉매임에는 틀림없는 것 같다. 그 설렘과 뜨거움은 정서적 긴장과 이완의 굳기가 말랑말랑 할 때, 가장 잘 분출된다고 볼 수 있을 것이다. 설렘과 뜨거움이 가장 높고 강하게 분출하는 시기가 젊을 때이다. 하지만 이 젊음이란 말은 객관적인 특정 시기를 의미하는 것이 아니라 새로운 창조에 대한 도전(설렘)과 창작에 대한 열정(뜨거움)이 끓어 넘치는 시기를 일컫는 주관적인 젊음을 말한다.

일흔이 넘은 최정남 시인은 분명 청춘을 한 겹 접어 놓은 연령임에 틀림없다. 그러나 설렘과 뜨거움만큼은 그 어느 젊음보다도 더 청춘이다. 시 창작에 대한 도전하는 자세인 설렘과 문학에 대한 열정인 뜨거움이 발현發現되는 지금이 바로 시와 연애하기 딱 좋은 청춘인 것이다. 사무엘 울만이 「청춘」이란 시에서 "청춘이란 인생의 어떤 기간이 아니라/ 마음가짐을 말한다// 장밋빛 볼, 붉은 입술, 나긋나긋한 손만이 아니라/ 씩씩한 의지, 풍부한 상상력, 불타오르는 정열을 가리킨다/ 청춘은 인생이라는 깊은 샘의 신선함이다// 때로는 스무 살의 젊음보다 일흔의 나이가 더 청춘

일 때가 있다/ 어느 누구도 나이 때문에 늙는 것이 아니다/ 이상과 꿈의 단절이 우리를 늙게 만든다"라고 설파했다. 사무엘 울만의 '청춘'만큼이나 일흔 살 청춘인 최정남 시인이 펼쳐 놓은 '설렘'이라는 참신한 시풍이 필자의 가슴을 뛰게 했고, 진지함과 열정의 이름으로 시에 드러낸 '뜨거움'이 필자를 부끄럽게 했다.

최정남 시인은 시조 「비상구를 찾다」, 「달빛 문장」, 「놋그릇을 닦다」, 「깨가 쏟아진다」 등 4편이 2016년 〈시조시학〉봄호에 신인작품상을 수상함으로써 문단에 첫걸음을 내디딘 늦깎이 시인이다. 오랜 세월 내공을 쌓은 뒤, 문단에 등단을 했기 때문에 그만큼 시조의 속살에 밴 얼룩이 짙고, 그 무늬가 다양하다. 그 짙은 얼룩과 다양한 무늬를 지닌 최정남 시인의 시조엔 70평생 살아온 깊고 넓은 체험과 삶의 아픔이 바탕색을 이루고 있음을 볼 수 있다. 일흔 살 청춘의 '설렘과 뜨거움'이 새겨 놓은 시의 무늬와 얼룩 속으로 들어가 보자.

2. '설렘'의 세계가 빚은 다채로운 무늬

〈현재 진행형의 시조를 우리는 흔히 창작시조라고 부른다. 창작시조의 기능적 이해를 위해서는 그 전제요건 또는 속성에 대한 인식이 필요하다. 그 하나가 작품들이 확보하고 있어야 할 현대성이며 다른 하나가 민족문학의 흐름을

잇는 시가 양식으로서의 시조가 지녀야 할 형태, 구조에 대한 인식이다.

시조의 현대성 확보란 말을 바꾸면 창조적인 차원의 구축을 뜻한다. 모든 예술 활동에서 답보와 정체는 엄격하게 배제되어야 할 금기사항이다. 창작시조 활동이 세내로 이루어지기 위해서는 답보와 정체의 그림자를 몰아내고 창조적 차원을 구축하는 일이 반드시 전제되어야 할 선결 요건이다. 또한 창작 활동에서 작가가 작품을 쓴다는 것은 전통에 대한 감각을 가지는 일이다. 두루 알려진 것처럼 시조는 우리 민족 문화가 빚어낸 고유의 시가 양식이다. 그 기능적인 전개가 이루어지기 위해서는 이 시가가 지닌 형태, 구조에 대한 인식도 투철하게 이루어져야 한다. 위와 같은 두 가지 사항에 대한 인식 없이 창작시조의 새로운 장은 열리지 않을 것이다.〉

—2012 하반기 〈서정과 현실〉에 실린 문학평론가 김용직 교수의 「오늘 우리 시조의 자리매김 문제」의 일부분

오늘날 시조들이 '답보와 정체'에서 벗어나 '창조적 차원'을 구축해야 한다는 점과 '전통에 대한 감각'과 '고유의 양식'에 대한 투철한 인식을 가져야 한다는 점을 지적해 놓고 있다. 필자가 시조를 읽을 때마다 '답보와 정체', '전통적 양식과 새로운 감각'에 대해 종종 회의懷疑를 가진 적이 있다. 그런데 최정남 시인의 작품들을 마주하면서 그런 염려가 상당 부분 해소되고 있음을 보고, 크게 쾌재를 부르지 않을

수가 없었다. 나이는 숫자에 불과하다는 말처럼 최정남 시인이 드러내 보인 신선하고 참신한 이미지와 자연스러운 가락은 '새로운 창조에 대한 도전(설렘)'이란 이름을 붙여 주기에 충분하다고 생각한다.

어젯밤 사고였나
초서체로 누워 있네
이슬 덮인 가슴 위로
햇살이 조문할 때
사람들 그 죄 모르고
침을 뱉고 돌아섰다

-「어떤 조문」첫째 수

로드킬에 의해 길바닥에 쓰러져 죽어 있는 고라니 한 마리, 그 나뒹굴어진 모습을 초서체에 비유한 표현과 초서체로 누운 주검을 위로하는 조문弔文 하나 닿지 않는 현장에 찾아온 따스한 햇살, '초서체'와 '조문한 햇살', 문명의 이름으로 가해자가 된 '인간'과 속수무책 피해자로 남아야 하는 '자연', 그 대비적 이미지와 속성이 읽는 이를 더욱 처연하게 한다. 독자로 하여금 이런 정서를 길어 올리게 하는 매개가 바로 참신하고 명징한 이미지다. 생태계 파괴에 대한 경고와 생명 존중에 대한 일깨움을 '초서체와 햇살의 조문'이라는 새롭게 창조한 이미지를 통해 독자에게 전해줄 뿐만 아니라, 그 새로움이 읽는 이의 가슴을 설레게 하고 있다.

잎잎이 죽창이고 시퍼런 칼이 되어

지주의 땅 빼앗아 세력을 키워갔다

…중략…

하늘로 꼿꼿하게 손 뻗고 싶었지만

허공에 흔들려 산 한 생이 불안하다

제 몸을 세게 흔들어

중심을 지키는 일

메마른 잎을 말아 사초를 적는 시간

먹물로 번져 가는 노을에 붓 담그고

백발은 몸 가는 대로

한 필체를 쓰고 있다

―「억새 실록實錄」부분―

「억새 실록實錄」에서도 마찬가지다. "잎잎이 죽창이고 시퍼런 칼이 되어/ 지주의 땅 빼앗아 세력을 키워갔다" 젊은 억새의 당당함과 세상의 불합리를 바로잡고자 하는 굳은 의지를 선명한 이미지로 표현했으며, "제 몸을 세게 흔들어/ 중심을 지키는 일"은 개념을 이미지화 했다는 점에서 매우 빼어난 표현이라 할 수 있다. 어디 이것뿐인가, "메마른 잎을 말아 사초를 적는 시간/ 먹물로 번져 가는 노을에 붓 담그고/ 백발은 몸 가는 대로/ 한 필체를 쓰고 있다"

에서도 늙은 억새의 지절志節을 '사초'와 '노을', '백발'과 '필체'로 이어지는 신선한 이미지로 표현하여, 말하고자 하는 세계를 명료하게 드러내 놓고 있다. 숙련과 패기가 동시에 드러나 있다는 것이 최 시인의 큰 장점이다.

오늘도 가장 깊이 기록되는 밤의 역사
달빛이 전깃줄에 만삭처럼 누웠을 때
골목 안 희망의 이름 불을 켠 채 빛났다
환한 외등 외엔 보여줄 게 없는 한밤
이 세상 모든 것에 궁금한 게 너무 많아
외롭고 쓸쓸한 생각 달빛 문장 찍는다
뾰족한 그 모서리 무뎌진 나이만큼
한동안 궤도 잃고 일제히 물결치는
마침내 서로를 당겨 지구를 돌고 있다

－「달빛 문장」전문-

교교한 달밤, 달빛이 은은하게 내리쬐는 골목 너머로 살아온 날만큼이나 무거운 고단함을 안고 아래로 휘어 있는 전깃줄을 보고 "달빛이 전깃줄에 만삭처럼 누웠"다고 한 표현 또한 예사롭지 않다. 만삭, 그 다음엔 해산解産, 곧 새로운 세상의 탄생이다. 그래서 그 다음에 이어지는 내용은 "골목 안 희망의 불을 켠 채 빛"나는 환한 이미지로 연결해 놓고 있다. '만삭인 전깃줄'과 '불을 켠 골목 안'은 대립적인 이미지를 가지고 있는데도 이미지끼리의 충돌을 통해 '생

103

산적인 설렘'의 정서를 탄생시킨 점이 읽는 이들을 감탄케
한다.

> 초례청 병풍처럼 둘러 놓은 앞산 뒷산
> 실경 속 낙관은 호미날로 파고 새겨
> 완벽한 저 화폭마다 비바람도 풀어 놓고
>
> 산 중턱 할배 부부 풀국풀국 마른기침
> 오지게 뽑던 잡초 그 번지 아직 남아
> 자갈밭 몇 대의 생이 두엄처럼 쌓이는 날
>
> 어머니 쓰던 호미 담보 없이 물려받은
> 다 닳은 호미날도 곧은 뼈도 금이 갔다
> 풀물 든 손금 사이로 움켜쥔 너의 운명
>
> ―「밭 매러 간다」 전문―

「밭 매러 간다」에서는 앞산, 뒷산이 열두 폭 병풍처럼 둘
러쳐진 자연 앞에서 새색시같이 달뜬 기분으로 호미 잡고
김을 매던 시적 화자는 산 중턱 숲 속에서 풀국새(뻐꾹새)
울음소리가 들려오자 호미 잡은 손을 멈추고 산골짝 풍경
을 바라본다. 무르익은 봄날도 밉지만 화자를 에워싼 절경
들이 농사일에 갇힌 자신을 너무나 아프게 했을 것이다.
아름다운 봄날과 김을 매는 화자 사이의 멀고먼 거리를 밉
도록 안타깝게 바라보는 시인은 삶의 봄날을 찾아 떠나는

것이 아니라, 마침내 봄의 풍경 속으로 들어가 잡은 호미로 봄날의 기슭에다 낙관을 찍는다. 현실과 꿈의 갈등 속에서도 화자가 선택한 것은 현실이다. 현실에의 순응이 곧 '김매기'다. '병풍처럼 둘러놓은 산─풀국새─화폭─낙관─풀물 든 손금 사이로 움켜쥔 운명', 모전여전母傳女傳으로 이어온 농촌에서의 고된 삶을 두고 어찌 원망하지 않았을까만, 그것을 운명으로 받아들여 아름다운 풍경으로 그려 놓을 줄 아는 이 품새, 참으로 대단하다는 생각이 든다. 시각과 촉각(비바람), 후각(두엄)과 청각(풀국풀국) 등 다양한 감각적 이미지를 통해 가파른 농촌의 삶을 화폭에다 승화시켜 놓고 있다. 이처럼 새롭고 참신한 감각이 우리의 시적 감성을 설레게 한다.

　"밥 한 술 더 먹게 해 도" 머슴이 그랬다
　도공의 밝은 귀가
　허기를 채워 주고
　실없는 농담 한 마디가 전설이 된 그릇이다

　천 번을 더 태워도 다시 가고 싶은 그 곳
　몇 겁의 불덩이 같은
　어머니의 그 자궁 속
　살과 뼈 한 몸을 받아 온전하게 태어났다

　오동나무 상자에 가마 타고 시집을 온

뽀얀 새색시 얼굴

저 차사발 좀 보세나

시간을 거슬러 오른 사람 하나 걸어온다

－「구만 사발 - 〈재현〉」전문－

이미지의 참신함뿐만 아니라, 자연스럽게 전개한 창조적인 가락도 매우 돋보인다.「구만 사발」에서의 "밥 한 술 더 먹게 해 도"처럼 투박하면서도 친근감 있게 표현한 경상도 사투리를 무리 없이 작품의 첫행에 세움으로써 시의 소재인 '구만 사발'과 시 전체의 정서적 분위기를 절묘하게 잘 살려 놓은 점이 인상적이다. 이처럼 신선한 감각과 자연스러운 가락은 독자들로 하여금 '새로운 창조에 대한 설렘'을 갖게 하기에 충분하다. 그리고 낯선 시어나 잘난 시어는 눈을 닦고 찾아봐도 없다. 그럼에도 불구하고 시상 전개와 시어의 부림이 매우 자연스럽다. 어느 한 부분 인위적인 멋이 가미된 곳을 찾아보기 어려울 정도다. 뿐만 아니라 까다롭게 정형성을 요구하는 시조인데도 맺힘 없이 자연스럽게 전통적인 가락을 풀어나간 것과 더불어 이미지 또한 매우 참신하게 펼쳐놓고 있다.

3. '뜨거움'의 열정이 싹 틔운 다채로운 얼룩

"우리가 읽는 책이 우리 머리를 주먹으로 한 대 쳐서 우리를 잠에서 깨우지 않는다면, 도대체 왜 우리가 그 책을 읽는 거지? 책이란 무릇, 우리 안에 있는 꽁꽁 얼어버린 바다를 깨뜨려 버리는 도끼가 아니면 안 되는 거야."

카프카가 자신의 소설 「변신」에서 '저자의 말'로 남긴 글의 한 부분이다. 이 말은 글을 쓰는 모든 사람에게 화두를 던진 것이라 생각한다. 잠자고 있는 의식을 깨우고, 꽁꽁 얼어 있는 정서와 생각을 깨뜨리는 도끼로서의 시, 그것이 바로 시적 대상에 대한 '뜨거운 깨달음'을 '낯설게 하기'의 기법으로 형상화한 시일 것이다. 앞에서 말한 '설렘'은 이미지의 참신성이나 새로운 표현과 관련성이 있는 것이라면, '뜨거움'은 주제의식이나 시인의 열정과 연관이 있다. 최정남 시인의 시 중, 주제의식이나 시정신의 뜨거움이 무르익은 작품이 비교적 많다. 최 시인의 시의 주제는 하나에 국한된 것이 아니라, '어머니에 대한 그리움', '사소한 일상에서 찾은 깨달음이나 새로운 의미', '고정화된 틀에 대한 완고한 저항', '인간성 상실에 대한 아픔과 재건' 등 다양하게 드러남을 볼 수 있다.

최정남 시인의 어머니는 어떤 분이실까? 한 마디로 정의를 내리자면 옹이다. 긴 세월 자식 없이 살아오다 늦게사 딸을 둔 어머니였기에 가부장적인 문화가 뿌리 깊게 내린 집안의 입장에서는 미움살이 박힌 흠결이 있는 존재다. 물론 그 시대는 가부장적인 가풍을 옹호하거나 한 걸음 나아가 씨받이라는 불법적인 존재를 집안으로 들이는 일을 권장하기도 했다. 따라서 시대나 가문의 입장에서 본다면, 어머니는 가문에 흠결을 주는 쓸모없는 존재, 그래서 당연히 무시하거나 버려도 되는 옹이와 같은 존재가 바로 어머니였다. 그러나 최 시인의 눈으로 본다면 어머니는 관솔불로서의 옹이다. 소나무의 가지를 벤 자리 송진이 고여 있는 옹이, 그 옹이에 불을 붙이면 어둠을 몰아내어 세상을 밝히고, 추위를 쫓아내어 방안을 따뜻하게 하는 촛불과 같은 존재로서의 옹이로 바뀐다. 어둠과 추위를 몰아 내고 세상을 밝고 따뜻하게 하는 존재가 누구인가? 곧 신이다. 최정남 시인에게 있어서 어머니는 신과 같은 존재였을지도 모른다. 이는 곧 시인에게 있어 어머니는, 절대적인 믿음의 대상이면서 보호(걱정)의 대상이라는 의미로도 이해할 수 있다. 다시 말해 최정남 시인의 어머니는 흠결로서의 옹이이자, 관솔불로서의 옹이라고 할 수 있을 것이다.

당신의 그 오래된 언문 글씨 그립습니다
침 발라 눈물로 쓴 그리움이 번져 나와
떨리는 깊은 속눈썹
그 곳까지 젖습니다

이 세상 하나 뿐인 나만 아는 글씨체로
뼈를 깎아 새겨 놓은 고전 같은 그 말씀은
저물녘 뒷모습 같은
숨겨 둔 아픔입니다

한 대목 지친 삶의 당신 성채에 갇혀

자꾸만 어두워지는 안색이 깊어질 때

이제는 그만 잊어라

꿈결로나 듣습니다

-「잃어버린 편지」 전문-

　30년도 더 지난 이야기다. 필자가 대학 4학년 때, 자취를 하던 필자의 끼니를 챙겨 주기 위해 부산에 내려와 계시던 어머니께서 시골에 가을걷이를 하러 가시면서 밥상 위에 남겨 놓은 쪽지 하나를 발견했다. 연습장 한 귀퉁이를 찢어서 적어 놓은 네 글자 '빈도반찬'이었다. 한참이나 그 뜻이 무엇인지를 궁리해 보았다. 밥상보를 걷어내는 순간 그 뜻을 알게 되었다. 접시 위에 놓인 달걀 후라이 두 개, 다음 날 학교 갈 때 도시락(벤또, 빈또) 반찬으로 가져가라고 어머니께서 준비해 놓고 가신 것이다. 접시 위에 놓인 달걀 후라이를 차마 볼 수 없어 멍하게 천장만 바라보았다. 그 때 필자의 심정이나 최정남 시인이 이 세상 하나뿐인 어머니의 언문체로 쓴 편지를 잃어버렸을 때의 마음은 서로 닮았을지도 모른다. 어머니에 대한 고마움과 사랑을 깊이 깨달은 필자의 그 '뜨거움'과 애지중지 해 온 어머니의 유일한 유산인 편지를 잃어버린데 대한 아쉬움과 죄책감, 그리고 그리움이 엉긴 최 시인의 그 '뜨거움'은 동격의 '뜨거움'이라고 해도 결코 틀린 말은 아닐 것이라 생각한다. 최 시인의 마음 속으로 한 발자국 들어가 보면, 침 묻히고 또 침을 묻혀서 쓴 글씨가 물기에 젖어 마치 어머니의 눈물처럼 번져 있는 언문 글씨체의 편지에는 젖어 있는 것이 글씨만이 아닐 것이다. 편지의 내용과 그 편지를 읽는 최 시인의 마음도 젖어 있음을 알 수 있을 것이다. 어쩌면 그토록 자식에게만큼은 숨기려고 했던 당신의 아픔을 편지의 행간을 통해 딸은 읽어버렸는지도 모른다. 어머니의 일대기이자 목숨처럼 간직해 온 유일한 그 편지를 잃어버려 안타까워하는 최 시인의 꿈 속에 찾아온 어머니께서 딸의 애틋함과 죄스러워하는 마음을 씻기고 가는 뒷모습이 최 시인에겐 고마움이면서도 모서리가 닳은 아픔으로 남아 있다. 그 고마움과 애절한 아픔을 '잃어버린 편지'로 써서 받지 못할 어머니께 보내드린 것이다. 그 뜨거운 마음이 편지를 젖게 했을 것이라 생각한다.

어머니 양말을 신고
어머니 옷을 걸친다
갇혀 있던 어머니의 냄새가 풀풀 난다
오늘은 굽은 허리 펴 나비처럼 가볍다

누렇게 흙이 묻은 엉덩이 땅에 뭉개며
밭 고랑 김을 매던 호미도 관절 앓고
일하다 마시던 소주병 빈속이 홀로 운다

낡은 벽에 걸쳐 놓은 거죽 한 벌 주인이다

주름이 자글자글 겹겹이 상처인데

몇 번을 신으셨던가, 뒤축 환한 새 고무신

기쁨과 슬픔 삶과 죽음의 경계를 풀고

기억은 저물어서 그믐달로 가셨는데

지상은 옷자락 붙들고

생이별을 앓는다

— 「절벽에 서다」 전문 —

  시어머니께서 보물처럼 아끼시던 뒤꿈치 닳은 양말과 낡고 해진 옷가지, 날이 무뎌져 오히려 손에 맞는 호미, 긴 콩밭 고랑에서 홀로 김을 매시다 가끔씩 신세타령으로 마시고 남은 빈 소주병, 그 주인은 이제 기억 상실로 인해 기쁨과 슬픔, 삶과 죽음을 초월한 채 요양원에서 그믐달처럼 여위어가고 있다. 긴 세월, 씨줄과 날줄로 엮은 고부姑婦의 동고동락이 시어머니의 박제된 삶으로 인해 생이별을 앓고 있다. 친정어머니보다 더 살갑게 대하고 극진히 모셨던 시어머니, 정녕 당신께서는 지금 하늘의 뜻과 땅의 이치를 교신하는 법을 익히고 계신지도 모른다. 육날 미투리가 아니라도 좋다. 시어머니께서 뒤축 환한 새 고무신을 신고, 이승과 저승 나비처럼 가볍게 날아다니시길 최 시인은 소망하고 있을지도 모른다. 아니, 살아온 아픔과 눈물 모두 안고 '이 세상 참으로 아름다웠다'라고 한 마디 남기며, 가장 온화한 미소로 승천하시는 시어머니의 모습을 떠올렸을지도 모른다. 그것이 시어머니께 드릴 수 있는 가장 고귀한 마음일 것이다. 하지만 그 것밖에 할 수 없는 최 시인은 더욱 마음을 앓을 수밖에 없다. 슬프고도 아름다운 고부의 인연이다.

「찔레꽃 당신」에서는 돌아가신 어머니에 대한 그리움과 뜨거움이 이명耳鳴으로 재생되어 최 시인의 곁에 머물고 있음을 알 수 있다. 귀에 익은 어머니 음성이 하얀 찔레꽃 향기로 남아 꿈 속에서 꽃길을 열어 놓고 있다. 어머니를 만나러 가는 길은 아픔이면서 그리움이고, 애절함이면서 뜨거움이다. 그 길은 꿈결 같은 하얀 길일 것이다. 아울러 그 길은 "내 방에 꽂아 놓고/ 꿈을 꾸듯 가슴 설레/ 꽃잎마다 말을 걸어 속울음 풀어낼 때/ 젖 내음 그리움 되는/ 배가 고픈 초록"(「부추꽃」)이 되는 하얀 배고픈 그리움이다.

최정남 시인의 '뜨거움'은 궤도를 잃고 헤맨 자신의 모습에 대한 성찰과 규격화된 삶으로부터의 탈궤를 꿈꾸다가 궤도의 본질을 찾아가는 삶의 본원을 노래한 얼룩의 흔적들이 많다. 모든 행성이나 혜성, 위성은 또 다른 천체 주위를 돌면서 일정한 곡선을 형성하며 제 길을 간다. 그러나 최정남 시인의 길은 곡선이 아니라 규격화된 직선의 길을 스스로에게 강요해 왔다. 그렇게 고집해온 직선의 길이, 길의 전부가 아니란 걸 깨달은 건 인생의 후반부에 접어들면서다. 쭉 곧은 밭이랑에서 아픈 허리를 달래며 김을 매다가도 이랑의 궤도를 좇아 살아온 삶이었다. 그런데 산기슭에서 바라본 밭이랑의 궤도가 휘어져 있고, 그 휘어짐이 밭을 더욱 아름답게 하고 있음을 발견했을지도 모른다. 직선보다 더 아름다운 선이 있다는 걸 깨달은 순간부터 그때까지 팽개친 시를 다시 찾게 되었고, 밭 이랑 너머에 있는 푸른 하늘도 두 눈 가득 담을 때도 있었다. 밭에서 집마당까지의 곡선 길에서 저 홀로 흘러가는 도랑물도 만나고, 언덕배기에 핀 키 작은 풀꽃들이 봄을 익게 하는 이치도 깨달았고, 하늘에 구름이 머물다 가는 내력도 익히게 되었다. 직선 너머에 있는 곡선의 궤도가 자신의 내면에 존재하고 있었다는 것을 알게 된 시인은 그 내면을 아름답게 가꾸는 곡선의 꽃을 피우기 위해 애를 쓴다. 그 곡선을 발견했을 때, 뜨거움의 얼룩은 한결 아름다운 무늬로 채색되었으며, 그것은 결국 내면적 성찰에서 출발했음을 시「자화상」을 통해 알 수 있다.

늘 그 자리 음악처럼 찻물 소리 출렁였다
이저승 경계 풀고 밤으로 떠난 그대
이 세상 다시 오신 듯
당신의 대칭인 여자

만 평 밤을 한 푼 없이 사는 저녁형 여자
시 한 줄 흉내 내다 애벌레로 엎드린 밤
허물을 벗어 놓는 날
나비 되어 날아갈까

한 생의 삶의 무게 가볍게 지고 가는

달팽이 여린 뿔이 기어이 촉을 세워

초록 꿈 가을물 올라

사과처럼 붉어질까

－「자화상」 전문－

직선으로 살아오신 어머니와 닮은꼴의 자신, 코가 낮아 스스로를 낮추며 살아온 삶, 달팽이의 촉수를 세워 붉은 사과처럼 완성된 꿈인 곡선의 삶을 이루고 싶은 마음과 더불어 허물 벗은 애벌레가 나비가 되어 날아가는 꿈을 꿈꾸었던 미래의 '자화상', 간절하면서도 애틋함이 배어난다. 이러한 꿈도 앞쪽에서 제시한 「달빛 문장」에서는 외롭고 쓸쓸한 골목 안의 외등이 한동안 궤도 잃은 불빛으로 흔들리다가 '나'와 '자아' 간의 화해를 통해 서로를 당겨 달의 궤도를 돌게 되고, 달빛이 만삭으로 내리쬐는 전깃줄처럼 곡선인 삶을 일구어간다. 궤도에 대한 순응이 아름다운 곡선을 영글게 한 것이다.

어머니 그 어머니 생을 담은 그릇이다

기왓장 가루 내어 순금처럼 닦았지만

세상을 읽지 못한 눈 소박맞은 그릇이다

제물祭物을 담아 내던 굽 높은 자존심도

한 생을 봉헌하고 구석으로 밀려나

가문의 한 증인으로 눈 못 감고 기다렸다

쓰던 그릇 신물 날 때 시간도 금이 가고
자궁 속이 그리운 어머니의 굽은 등뼈
마지막 남은 결기로 그 생을 다시 담다

-「놋그릇을 닦다」 전문-

　이 땅의 어머니들이 살아온 순금 같은 삶이 소박맞은 그
릇처럼 외면당한 채 시대적 상처로 남아야 했던 여성의 삶,
가문과 남성만 존귀하게 여겨온 세태를 대비시켜 금이 가
고 굽은 삶이지만 다시 어머니의 삶을 놋그릇처럼 닦아 빛
나게 하고 싶은 결기가 잘 드러난 수작이 바로 「놋그릇을
닦다」이다. 남성 중심의 직선적 사고에서 여성 또한 더불어
소중하다는 곡선적 사고가 잘 드러나 있다. 이렇게 발로發
露된 주제의식에서 최 시인의 '뜨거움'을 발견할 수 있다.

　'젖은 살갗 터지면 꽃잎이 되던 시절/ 나비처럼 날고 싶
어 배반을 꿈꾸었다/ 붉은 피 거꾸로 솟는 탈출은 황홀하
다", "꽃병에서 뽑히던 날 관심은 내게 쏠려/ 따뜻하게 품
어 안고 적막 함께 나눌 때/ 속눈썹 검은 언저리가 파르라
니 떨렸다" 시 「마른 꽃」의 첫째 수와 셋째 수다. 꽃향기를
품어내던 시절의 삶은 누구나가 직선적 삶의 궤도에서 일
탈하고자 하는 꿈을 꾼다. 그 향기와 색깔이 바랜 뒤, 적막
과 가벼운 떨림으로 남아 "마른 잎 푸석푸석 한 생을 건디

지 못해" "한 잎 한 잎 해체하"는 외연이 아닌, 내면적 곡선
의 삶을 이루어가는 모습에서 처연하지만 아름답게 걸어
온 최 시인의 삶을 엿볼 수 있다.

서울 중심, 이름 중심의 직선적 삶에서 우리가 사는 이
곳이 삶의 중심지이고 유명하지 않은 사람들의 삶이 세상
의 주인공이 될 수도 있다는 곡선적 인식, 그리고 젊은 시
력으로 보는 직선적 사고와 흐릿한 시력이 선물한 곡선적
사고를 잘 대비시켜 놓은 시가 「안개」이다. '안개는 설악에
만 피는 것이 아니었네// 우주를 재고 있는 탱탱한 빨랫줄
에// 눅눅한 새벽 한기에 스멀스멀 피어나네", "호두산 그
물안개 처음으로 보았을 때// 흐릿한 눈 속으로 젊음은 벌
써 가고// 새롭게 보이는 것이 있는 줄을 알았네" 곡선으로
바라본 시각을 통해 만난 새로운 세상, 물안개 가득한 절경
은 연륜이 쌓은 미덕이 아니면 닿을 수 없는 경지다. 바로
사물에 대한 뜨거운 주제의식에 의해 탄생된 산물이다.

4. 설렘과 뜨거움이 찾아낸 비상구

사물을 바라보는 안목에 있어 가장 소중한 것 중 하나가
새로움과 낯섦을 찾아내는 눈이다. 옛것에서 새로움을 찾
아내는 눈, 비어 있음에서 가득함을 볼 줄 아는 눈, 기존의
익숙함을 부정하고 익숙함에 숨은 속살을 엿볼 줄 아는 눈,

금속성의 차가움에서 따뜻한 온기를 발견하는 눈 등 이 모든 것이 오늘날 시인들이 갖춰야 할 덕목으로 생각한다. 특히 젊은 시인들이 자신의 전유물로만 여기는 참신한 눈, 이 눈이 최정남 시인의 시에 숨어 있다는 건 정말 대단하다고 말할 수 있다. 일흔이 넘은 연륜에서 이러한 젊음의 얼룩이 드러남은 최 시인의 새로움을 추구하는 열정이 얼마나 뜨거운가를 짐작하게 한다.

> 해묵은 볏짚으로 깻단 묶어 세워둔 뒤
> 손끝만 살짝 닿아도 찰방하게 터지는
> 몇 번의 가을바람이 서둘러 다녀갔다
>
> 깨알 같은 햇살들이 우르르 몰려오고
> 앙다문 끝물 삶에 문 열어라 치는 매질
> 잘 여문 천의 말씀이 깻말처럼 쏟아진다
>
> 까치발로 달려온 성긴 매듭 묶어 놓고
> 가슴을 비울수록 채워지는 삶의 무게
> 고소함 묻어온 가을 그 향기로 남고 싶다

―「깨가 쏟아지다」 전문―

"가슴을 비울수록 채워지는 삶의 무게"인 최 시인의 삶을 만날 수 있다. 그 고소한 향기를 풍기는 가을을 만날 때까지 볏짚으로 단단히 묶여야 했던 깻단, 몇 번이나 갈바람을 맞이해야 했으며, 매질과 따가운 햇살 세례를 받아야 했다. 그런 뒤에사 채울 수 있는 '찰방하게 터지는 잘 여문 말씀', 익숙한 자연의 이치지만, 그 이치를 '깨가 쏟아지게' 명징하게 그 속살을 드러내 놓기란 결코 쉬운 일이 아니다. 「깨가 쏟아지다」를 읽으면 하얀 깨가 투명한 비닐 위에 시를 물고 우수수 떨어져 내리는 풍경을 떠올리게 한다. 그리고 예사로운 사물이나 현상을 이채로운 감각으로 재생시켜 놓은 점 또한 매우 돋보인다. '깨가 쏟아진다'는 이미지의 참신성, 맺힘 없이 흐르는 자연스러운 가락, 그리고 갈바람—햇살—참깨—고소한 향기로 이어지는 시상의 흐름에서도 문학적 완성도가 매우 높은 작품으로 평가할 수 있다. 사물을 보는 참신한 눈과 상황에 대한 뜨거운 주제의식이 '깨가 쏟아지'는 작품을 이루어냈다고 생각한다.

퇴화도 또 진화도 물러섬이 아직 없다
고집을 사수하느라
사선으로 꺾인 눈썹
남편의 그 유전자는 갓끈에 묶여 있다

결기를 지켜냈던 조선의 문서 같다
아니 더는 쓰지 않는
제 몸의 화살 글씨
달빛에 읽지 못하는 육필도 끝이 났다

이마에 누워 있는 내 천川 자 일어선다

한 뼘씩 가까워진

우리 세간 복사꽃 길

수직에 맞닿지 않을 비상구를 찾는다

─「비상구를 찾다」 전문─

　가부장적인 갓끈에 묶인 남편의 유전자와 화살 글씨처럼 날선 조선 양반 가문의 내력으로 인해 겪어야 했던 시인의 규격화된 삶, 그것에 적응하기 위한 비법은 무엇일까. 시대는 바뀌었는데도 바뀌지 않은 남성 중심의 사회적 상황을 감안했을 때, 최 시인이 택한 방법은 무엇이었을까? 그 것은 반란이 아닌 순응이었다. 조선시대의 박제된 윤리적 잣대에 맞춰 세상을 살아가야 하는 어머니들의 삶은 고달프기가 이루 말로 표현하기 어려웠을 것이다. 변질되고 박제된 유교가 낳은 규격화 된 삶을 살아가는 그 고달픔마저도 어머니로서의 삶의 과정이라고 여겨온 시인, 역설적이게도 그렇게 해서 찾아낸 것이 바로 순응이라는 이름의 비상구다. "이마에 누워 있는 내 천川 자 일어선다/ 한 뼘씩 가까워진/ 우리 세간 복사꽃 길/ 수직에 맞닿지 않을 비상구"를 마침내 찾아낸 것이다. 지금의 시각으로서는 큰 모순을 안고 있는 판단이겠지만 그 당시 시인이 택할 수 있는 가장 현명하고 거룩한 선택임에 틀림없었을 것이다.

　인내와 배려, 그리고 하심下心이 만들어 낸 비상구는 복사꽃 길로 닿아 있었다. 나를 버림으로써 거룩한 나 하나를 얻은 현명함이 돋보인다. 그 이면에 가두어 놓은 눈물과 생채기마저도 잘 발효되어 있음을 현명한 독자들은 읽어낼 수 있다. 최 시인의 버림으로써 채울 줄 아는 뜨거운 이타利他가 없었다면 비상구 대신 벽만 겹겹이 존재했을지도 모른다. 가시 벽이 가로 놓일 자리에 마침내 최 시인은 비상구 하나를 창조해 놓은 것이다.

　최정남 시인의 시집『비상구를 찾다』에서 청춘의 무늬와 얼룩을 만날 수 있었다. 썩 보기 드문 일이다. 최정남 시인이 빚어 놓은 '설렘'과 '뜨거움', 참신한 이미지와 창조적 가락이 읽는 이에게 '설렘'을 선사하고, 최 시인의 시를 대하는 진지함과 강렬한 주제의식에서 독자들은 '뜨거움을' 만날 수 있었을 것이라 생각한다. 일흔 청춘이 빚어낸 설렘과 뜨거움이 읽는 이들의 가슴에 '설렘의 무늬'와 '뜨거움의 얼룩'으로 선명한 낙관을 새겨 놓고 있다. 한편 최 시인의 닫힌 가슴에는 비상구 하나를 달아 주었다. 그 낙관의 자간字間마다 삭혀 놓은 무늬와 얼룩이 세상을 아름답게 하고 우리를 행복하게 한다.